PHARAMOND,

TRAGEDIE.

Par Monsieur de C***

A PARIS,

Chez PRAULT Fils, Quay de Conty, vis-à-vis la
descente du Pont-Neuf, à la Charité.

M. DCC. XXXVI.

Avec Approbation & Privilege du Roy.

A MONSEIGNEUR
LE COMTE
DE SAINT-FLORENTIN;
MINISTRE
ET SECRETAIRE D'ÉTAT,
ET COMMANDEUR DES ORDRES DU ROY,

ONSEIGNEUR,

Vos bontez ont agréé mon respect &
mon attachement ; mais je souffrois de ne
pouvoir faire éclater ma reconnoissance par

EPITRE.

un hommage public. LA TRAGEDIE DE PHARAMOND *m'en fournit une occasion bien précieuse; & tel que soit son succès, il remplit toute mon espérance , puisque Vous me permettez de la faire paroître sous vos auspices.*

Je pourrois m'acquitter envers un autre , en lui offrant dans un Epitre Dédicatoire, un tißu de louanges , peut-être peu méritées. Mais pour Vous, MONSEIGNEUR, *il faut se taire sur vos vertus : on ne peut vous louer sans vous déplaire.*

Comment après cela oserois-je Vous dire que le caractere de VINDORIX, *qui a mérité sur le Théatre quelques applaudißemens, que son amour pour son Roy, son zele pour la Patrie, sa probité exacte, sa fermeté inébranlable, son attachement à tous les interêts de l'Etat : Que tous les traits*

EPITRE.

en un mot, que j'ai raſſemblés pour tracer l'idée d'un excellent Miniſtre, ne ſont point un tableau d'imagination; mais que c'eſt un portrait reſſemblant, que j'ai voulu expoſer aux yeux du Public.

J'ai l'honneur d'être avec un très-profond reſpect,

MONSEIGNEUR,

Votre très-humble & très-obéïſſant Serviteur, C***

ACTEURS.

PHARAMOND, Roy des François.

VINDORIX, Ministre & Favori du Roy.

MAXIME, Géneral des Romains, & Préteur de la Belgique.

ARMINIE, Captive, reconnue fille de Vindorix.

AMBIOMER, Chef des Gaulois de la Celtique.

SEGESTE, Gaulois attaché à Vindorix.

Suite de Francs, de Gaulois & de Romains vaincus.

La Scene est à Reims dans le Palais du Roy.

PHARAMOND,

TRAGEDIE.

ACTE PREMIER.
SCENE PREMIERE.
ARMINIE, AMBIOMER.

AMBIOMER.

OUI, je reviens dans Reims faire écla-
ter ma joïe
Vers le Roy des François la Celtique
m'envoïe.
J'amene des fecours pour foutenir fes droits.
La Caufe de ce Prince eft celle des Gaulois.

A

Il vient brifer le joug d'un honteux efclavage.
Defcendu de Francus, la Gaule eft fon partage ;
Tout femble concourir à fervir fon deffein,
Nos cœurs, comme fon bras, l'ont élû Souverain ;
Et le Ciel eft pour lui contre la tyrannie.
S'il connoît un Vainqueur, c'eft vous, belle Arminie ;
Et c'eft avec tranfport qu'Ambiomer apprend
Que vos yeux ont foumis ce jeune Conquérant.
Sa Captive l'arrête, & l'enchaîne auprès d'elle.
Ce triomphe éclatant, cette gloire nouvelle ;
Aux yeux de l'univers réparent vos malheurs.
Et la main d'un Héros doit effuïer vos pleurs.

A R M I N I E.

C'eft cette même gloire, à vos yeux fi flateufe,
Qui comble fans retour ma deftinée affreufe.

A M B I O M E R.

D'un jufte étonnement vous frappez mes efprits.

A R M I N I E.

Ambiomer, doit-il en paroître furpris ?
Il a connu mon cœur, ignore-t'il mes peines,
Lui, qui fut fi long-tems compagnon de mes chaînes ?
A-t'il donc oublié, depuis qu'il ne l'eft plus
Que pour un autre objet mes fens font prévenus ?
Que les foins d'un Romain obtinrent mon eftime ;
Et que ma main eft dûe à l'amour de Maxime ?

AMBIOMER.

Vos deftins ne font plus affervis à fa loy.

ARMINIE.

En ai-je plus de droit de lui manquer de foy?

AMBIOMER.

Il eft notre ennemi. Ce titre vous dégage.

ARMINIE.

Je n'en ferois pas moins infidéle & volage.

AMBIOMER.

Dans un attachement par l'honneur combattu ;
Notre infidélité devient une vertu ;
Quand la raifon s'oppofe au feu qui nous anime,
L'amour eft une erreur , & la conftance un crime.
Suivons les fages mœurs des François généreux ,
La gloire a feule droit de fixer tous leurs vœux.
Fidéles à leur Roy, plûtôt qu'à leur tendreffe ;
Conftans dans leur devoir, & non dans leur foibleffe ;

ARMINIE.

Donnez un plus beau nom au feu qui me retient.
L'eftime l'a produit ; la raifon le foutient :
Maxime doit fur-tout vous être refpectable.
Songez qu'à fes bontez vous êtes redevable,
Et que vos fers rompus font un de fes bienfaits.

AMBIOMER.

Je dois ma liberté plûtôt à vos attraits,

A ij

En vain fans votre appui, je l'aurois demandée,
C'eſt à vos feuls defirs qu'elle fut accordée,
Et ma reconnoiſſance éclate en ces momens,
En ofant vous parler contre vos fentimens.

ARMINIE.

Quels que foient vos difcours, & quoiqu'on ofe dire,
Rien ne peut dans mon ame affoiblir fon empire.
Tout me rappelle en lui la perte que je fais.
Et mon deſtin préfent augmente mes regrets,
L'himen alloit tous deux nous lier de fa chaîne,
Quand Cefar l'appella, pour fe rendre à Ravene.
Il partit pénétré d'un noir preſſentiment,
Moi-même je frémis de ce retardement,
Il raſſura mes feux par l'adieu le plus tendre;
Et laiſſa dans ces murs Varus pour les défendre.
Vous n'étiez que trop vrais, préfages de fon cœur !
Le Prince des François guidé par la valeur,
Comme un torrent fougueux, part des bords Ger-
　　　maniques,
Franchit le Rhin & fond dans les plaines Belgiques,
Abbat l'Aigle Romaine, en fon rapide cours,
Paroît, aſſiege Reims, & le prend en deux jours :
Retour dur & cruel ! Fatale deſtinée !
Qui dans de nouveaux fers plonge une infortunée,
Et fi près de l'unir au plus grand des Romains,
Lui fait fubir le joug des Francs & des Germains.

Ambiomer.

Qu'entens-je ? Jufte Ciel ! fe peut-il qu'Arminie,
Regarde comme un mal le bien de fa patrie !
C'eft pour nous affranchir d'un pouvoir étranger,
Que fous fes juftes loix leur Chef vient nous ranger.
Sa conquête en ces lieux devient une juftice :
Si vous devez gémir, c'eft d'aimer un patrice.
Vous, Gauloife, brûler pour un de nos Tyrans,
Qui d'un fupplice infâme ont flétri vos parens !
Avez-vous oublié leur barbarie extrême ?
A votre feul récit j'en ai frémi moi-même.
C'eft peu, me difiez-vous, d'avoir fubi par eux,
Dès mes plus jeunes ans, un efclavage affreux :
Les cruels de douleur ont fait mourir ma mere ;
J'ai, pour comble d'horreur, vû mon pere & mon frere,
Accablés fous le poids de leurs fers inhumains,
Et traînés pour fervir de fpectacle aux Romains.
Après un tel aveu, fe peut-il que votre ame,
Ofe dire qu'elle aime, & qu'un Romain l'enflame ?

Arminie.

Vous-même oubliez-vous que d'un trépas honteux,
Ce Romain a fauvé mon pere malheureux ?
C'eft un trait éclatant dont j'ai fçû vous inftruire.

Ambiomer.

Ce pere infortuné, fçavez-vous s'il refpire ?

A R M I N I E.

Si j'ignore son sort, je suis instruite au moins,
Qu'il se vit arraché du Cirque par ses soins.
Voilà ce que j'ai sçu de Maxime lui-même :
Voilà ce qui m'attache à sa vertu que j'aime;
Et voilà dans mon cœur ce qui doit lui donner
Un pouvoir, & des droits que rien ne peut borner :
Il l'a trop mérité par un si grand service.
Je ne puis l'oublier sans lui faire injustice;
Il ne doit point souffrir d'un fatal préjugé,
Du crime des Romains il s'est trop bien purgé :
Ma haine agit contre eux sans nuire à ce grand homme,
Et je chéris Maxime autant que je hais Rome,

A M B I O M E R.

Il est par votre estime assez récompensé :
D'un sentiment plus vif, votre devoir blessé,
Veut que vous réserviez, votre amour pour un autre;
Qui ne combatte pas mon païs & le vôtre.
Pouvez-vous balancer entre son Prince & lui ?
L'un est son destructeur, & l'autre est son appui.
Voyez dans Pharamond un Héros qui vous aime,
Appellé par les Dieux & par les Gaulois même ;
Qui fait subir à tous son ascendant vainqueur,
Et peut vous faire part un jour de sa grandeur,

ARMINIE.

Son bras, peut à son gré triompher dans la guerre :
Il peut renouveller la face de la terre,
Selon sa volonté, transporter les Etats,
Créer un nouveau peuple, & changer les climats ;
Mais toute la valeur de ce Chef magnanime,
Ne peut soumettre un cœur défendu par Maxime.

AMBIOMER.

En aimant ce Romain, quel est donc votre espoir ?
Songez que Pharamond vous tient en son pouvoir.
Il est grand, généreux, & sensible au mérite,
Mais fier, impétueux, quand un refus l'irrite.

ARMINIE.

Eh, voilà ce qui met le comble à mes ennuis.
Son amour fait l'horreur de l'état où je suis.
Mon ame, comme Roy, le révére & l'admire,
Mais mon cœur, comme amant, redoute son empire ;
S'il a tous mes respects, Maxime a mes désirs,
Tous deux differemment partagent mes soupirs.

AMBIOMER.

Ah ! ne souffrez donc plus qu'un si grand Roy s'oublie,
Retarder ses exploits, c'est trahir la patrie.

ARMINIE.

Depuis un mois entier, c'est de quoi je gémis ;
Mais ce n'est pas assez. Aux yeux de mon païs,

A iiij

Je prétends me laver d'un si cruel reproche.

Je vois dans ce moment Pharamond qui s'approche.

Par vos difcours ici réveillez fa fierté.

Je fors pour vous laiffer parler en liberté :

(Elle fort.)

S C E N E   I I.

PHARAMOND, AMBIOMER.

AMBIOMER.

SEigneur, de vos fuccès la Celtique informée ;
   Vous apprend par ma voix combien elle eft char-
     mée.

Elle vient fe placer au rang de vos fujets.

Et pour contribuer à vos juftes projets,

Des Guerriers qu'elle enfante, elle a choifi l'élite,

Et les a fait ici marcher fous ma conduite ;

Ils font impatiens de combattre pour vous ,

Et le feul nom de Rome excite leur courroux.

PHARAMOND.

J'aime un courroux fi noble , & je vous affocie ,

De tous les vrais Gaulois mon Camp eft la patrie.

Vous aviez cent Tyrans , & vous n'aurez qu'un Roy.

Je veux que l'amour feul vous foumette à ma loy ,

Je vais être pour vous ce que furent mes peres;
Et dans tous mes François vous trouverez des freres.

SCENE III.

PHARAMOND, VINDORIX, AMBIOMER.

VINDORIX.

Venez, Seigneur, venez dans un péril si prompt,
Hâtez-vous aux Soldats de montrer Pharamond,
Votre abfence eft pour eux une cruelle injure,
Et jufqu'à l'infolence ils portent le murmure;
Ils ne fe bornent point aux cris féditieux,
Ils fement contre vous des bruits injurieux.

PHARAMOND.

Contre moi, Vindorix? eh! que peuvent-ils dire?

VINDORIX.

Un autre en ce moment craindroit de vous inftruire;
Mais je dois vous parler avec fincerité.

PHARAMOND.

Tu fçais que j'ai toujours aimé la vérité:
Qu'un Gaulois que j'eftime a droit de me l'apprendre,
Et qu'un Prince François mérite de l'entendre.

VINDORIX.

Par vos ordres, Seigneur, abfent depuis un mois,
J'arrive ce matin dans le Camp des François.

Sur le front des Soldats je vois la douleur peinte ;
Et leur silence affreux, glace mon cœur de crainte.
Je conjure l'un d'eux d'éclaircir mon effroy,
Et plein d'empreſſement je demande mon Roy.
» Va le chercher, dit-il, aux genoux d'une eſclave ;
» Ce Conquérant ſi fier, & ce Guerrier ſi brave ;
» Qui renfermé dans Reims, s'endort dans les plai-
 ſirs,
» Et perd le tems de vaincre à pouſſer des ſoupirs.
» C'eſt ainſi qu'il répond à nos deſtins proſperes :
» Et qu'il fonde un Empire, ou régnerent ſes peres :
» Voilà le prix des maux que nous avons ſoufferts,
» Et des coups dont pour lui nous ſommes tous cou-
 verts.
» Pour faire triompher ce Chef qui nous oublie,
» Nous avons tout quitté, famille, amis, patrie :
» De nous ſervir de pere il nous avoit promis,
» Il manque à ſon ſerment, ne ſoyons plus ſes fils.
» Il deſerte ſon Camp, pour ſuivre une captive,
» Pour revoir nos parens fuyons de cette rive :
» Ces derniers ont ſur nous un plus juſte pouvoir,
» L'un eſt une foibleſſe, & l'autre eſt un devoir.
Je veux d'un tel diſcours réprimer la licence ;
Mais tous ſes Compagnons s'arment pour ſa défenſe,
Tous font voir à mes yeux un déſeſpoir égal.
Le déſordre s'augmente & devient général.

Tout le Camp mutiné, vous demande en tumulte,
La voix de la raifon n'eſt plus ce qu'il confulte,
Si vous ne paroiſſez pour calmer ces efprits,
Il ne s'en tiendra point à d'inutiles cris.
Songez qu'il ne fuivra que fa rage enflamée;
Et que la fin du jour peut vous voir fans armée.

P H A R A M O N D.

Les lâches, loin de moi font fortis du refpect.
Mais tu les verras tous trembler à mon afpect.
Tel eſt du vil Soldat l'ordinaire baſſeſſe ;
Il fe plaint par envie, & fe tait par foibleſſe.
Mon ame eſt au-deſſus de ces vaines rumeurs,
Et ne s'abaiſſe point à craindre fes clameurs.

V I N D O R I X.

Mais le Soldat, Seigneur, eſt fondé dans fa plainte,
Et doit, tout vil qu'il eſt, vous donner de la crainte.
Il eſt votre Public, & des bruits qu'il répand,
Malgré vos fiers dédains, votre grandeur dépend.
Vous devez à fes yeux vous montrer eſtimable,
Et ce titre le rend un Juge refpectable.
A vos commandemens aſſervi chaque jour,
Il devient fous ce nom, votre Maître à fon tour.
Le dernier des Guerriers qui rampe dans l'armée,
Se voit l'arbitre né de votre renommée.
Il peut du moindre foufle en obfcurcir l'éclat ;
Et la gloire du Chef eſt aux mains du Soldat.

Son eſtime pour lui ſert de régle à la terre,
Et forme un Tribunal, ſouverain dans la guerre,
Qui jugeant ſes exploits, & péſant ſes travaux,
Eléve un Conquérant, ou dégrade un Héros;
Elle trace de lui cette premiere idée,
Sur qui l'opinion paroît toujours fondée,
Et dans tous les eſprits en imprime les traits,
Qui gravés une fois, ne s'effacent jamais.
De la prévention c'eſt en vain qu'il appelle,
Son pouvoir rend l'eſtime, ou la haine éternelle.
Vous devez plus qu'un autre en craindre les effets,
Vous, qui venez régner ſur de nouveaux ſujets,
Et jettant d'un Etat les fondemens ſolides,
Voulez fixer ici vos conquêtes rapides.
Dans cette grande époque, où l'univers jaloux,
Attache avidement tous ſes regards ſur vous;
Vous devez ſur vos pas veiller d'un ſoin extrême,
Et dans chaque Guerrier vous reſpecter vous-même.
Captiver leur ſuffrage, & Roy par la valeur,
Vaincre votre ame enfin, pour ſubjuguer la leur.

P H A R A M O N D.

Qui, moi? Je ne prends point pour Juge leur caprice:
J'ai les plus nobles Chefs qui me rendront juſtice.

V I N D O R I X.

Vous n'aurez point leur voix, ne vous en flattez point,
Et comme le Soldat, ils penſent ſur ce point.

Tous d'un commun accord, condamnent votre ab-
    fence,
Ceux même qui vous font liés par la naiſſance,
Clotaire, Sigebert, Marcomire, & Sunnon,
Moi-même, ſi près d'eux j'oſois placer mon nom,
Je blâmerois l'oubli qui du camp vous ſépare.

PHARAMOND.

Quoi! Vindorix auſſi contre moi ſe déclare?

VINDORIX.

Seigneur, je fus toujours l'eſclavé de l'honneur,
Et l'ami de mon Roy, ſans être ſon flatteur.
C'eſt moi qui dans la Gaule, où le Ciel me fit naître,
Ai conduit Pharamond pour s'en rendre le maître,
Je ne laiſſerai point mon ouvrage imparfait :
Et je dois vous preſſer à vaincre tout-à-fait.
Ce jour doit décider du deſtin de la France.
Le tems eſt précieux, partons en diligence :
Le péril eſt plus grand que je ne vous l'ai peint.
C'eſt peu, Seigneur, c'eſt peu du François qui ſe
    plaint,
Votre fier Allié le Bourguignon murmure.
Votre ſéjour ici lui paroît une injure,
Faite par votre amour à la ſœur de ſon Roy,
A qui par un Traité j'ai promis votre foy.

SCENE IV.

PHARAMOND, VINDORIX, AMBIOMER, SEGESTE.

SEGESTE.

AH ! Seigneur, pardonnez à l'effroi qui m'amene,
On voit déja vers nous marcher l'Aigle Romaine;
Et pour venger Varus, vaincu par votre bras,
Maxime est de retour & s'avance à grands pas.

PHARAMOND.

Dissipe la frayeur de ton ame allarmée.
Je vais, puisqu'il le faut, me montrer à l'armée.
Je sçaurai, Vindorix, couronner mes exploits,
Et triompher de Rome avec les seuls Gaulois :
A mon destin déja son étoile est soumise ;
* Veille dans ce Palais, de peur d'une surprise.
Je ne veux qu'un instant pour calmer les mutins,
Pour combattre Maxime & chasser les Romains.

   * A Vindorix.

Fin du premier Acte.

ACTE II.

SCENE PREMIERE.

VINDORIX, SEGESTE.

SEGESTE.

'Où naît l'inquiétude, où vous paroif-
sez être?

VINDORIX.

Faut-il que le devoir rétienne ici ton
Maître?
Trop heureux le Soldat qui combat les Romains.

SEGESTE.

Cette ardeur me surprend....

VINDORIX.

Les François sont aux mains,

Et je ne puis comme eux dans un sang que j'abhorre,
Me baignant tout entier ....
SEGESTE.

Mais quel sujet encore,
Peut contre ces Romains vous donner tant d'hor-
　　reur ?
Votre haine contre eux dégénere en fureur.
VINDORIX,

Les monftres ! je voudrois en éteindre la race,
Effacer de leur nom jufqu'à la moindre trace :
Et dans leurs flancs ouverts, laver l'affront honteux...
Je n'en puis rappeller le fouvenir affreux,
Sans un frémiffement qui redouble ma rage,
Et leur deftruction eft peu pour cet outrage.
Par ces tyrans cruels & déteftés par tout,
Qui font polis par art, & barbares par goût,
En vil Gladiateur je me fuis vû traduire,
Et livré dans un Cirque aux yeux de tout l'Empire.
SEGESTE.

Vous, Seigneur, né d'un fang illuftre & révéré,
Vous être vû l'acteur d'un fpectacle abhorré !
Mais comment, & pourquoi leur jaloufe puiffance,
A-t'elle pris de vous cette affreufe vengeance ?
VINDORIX.

Pour avoir fait le trait d'un digne Citoyen,
Et fouftrait à leur joug mon païs & le tien.

La

La Gaule refpiroit, & de mon feul courage,
La liberté publique étoit l'heureux ouvrage;
De fes douceurs en paix déja nous jouiffions,
Quand Stilicon jaloux du bien des Nations,
Ce Miniftre abfolu, le tyran de fon Maître,
Et de fes ennemis le plus mortel peut-être,
M'affiéga dans Tournai, qu'il prit & faccagea :
Comme un vil criminel de fers il me chargea :
Ma fille d'un Préteur fut le trifte partage,
L'enfance ne la put fauver de l'efclavage,
De mes bras tout fanglans je la vis arracher :
Stilicon fur fes pas me força de marcher;
Mais c'étoit peu de moi, ce Vainqueur fanguinaire
Affocia mon fils aux malheurs de fon pere;
Honteufement liés, nous ornâmes fon char,
Et nous fumes traînés à la Cour de Céfar.
Alors on nous plongea dans des prifons affreufes,
Pour attendre le jour de ces Fêtes honteufes,
Où le Romain fe fait un plaifir inhumain,
De voir avidement couler le fang humain,
Et paroît plus cruel que le tigre fauvage
Que déchaîne fa main, & que nourrit fa rage.
Le fexe né timide, & fait pour la pitié,
Se pare pour ces Jeux, loin d'en être effraïé.
Peuple avide de fang, fans avoir de courage,
Qui goûte dans la paix les horreurs du carnage.

B

Des coups loin du danger juge tranquillement,
Et de la cruauté fait son amusement.

S E G E S T E.

J'écoute ce récit avec impatience,
Et je suis du péril effraïé par avance.

V I N D O R I X.

L'instant fatal arrive, où dans le Cirque ouvert,
Je me vois en spectacle indignement offert ;
On me force à combattre, & d'horribles trompettes,
Animent contre moi les plus vils des Athlétes.
Ce barbare appareil me pénétre d'horreur ;
Mais bien-tôt leur audace excite ma fureur,
Mes plus fiers assaillans font autant de victimes,
Que j'immole à ma honte, & punis de leurs crimes.
A ces tristes exploits, Rome entiere applaudit,
Ma fierté s'en indigne, & mon front en rougit ;
Avantage odieux, & funeste victoire,
Indigne de mon bras, & honteuse à ma gloire !
Triomphe humiliant, qui souille la valeur,
Qui blesse la nature & flétrit le Vainqueur !
Gaulois, dont le courage illustre l'origine,
Ce sont là les lauriers que Rome vous destine;
On y voit dans les fers le Héros abbatu ;
Et l'opprobre y devient le prix de la vertu.
Mais, ô comble d'éfroi, de vengeance, & de haine !
Un nouveau combatant est conduit sur l'arene,

J'allois fondre fur lui. C'étoit mon fils. Helas !
Il reconnoit fon pere, & vole dans mes bras :
Dieux ! Le meurtre, dit-il, eft peu pour ces perfides !
Et pour plaire à leurs yeux, il faut des parricides.
De pleurs en même tems, il inonde mon fein,
Et le fer, à tous deux, nous tombe de la main.
Je le tiens embraffé ; dans l'inftant éfroïable,
Qu'on déchaine fur nous un Tigre épouvantable.
Il alloit me faifir ; mais d'un pas courageux,
Mon fils infortuné fe jette entre nous deux :
Pour défendre ma vie, il fe livre à fa rage ;
Je vois au même inftant fuccomber fon courage.
Je le vois expirer ; je le vois tout fanglant.
Pour un pere, grand Dieux ! quel objet accablant !
Le monftre le déchire, ah ! j'en frémis encore !
Et partage à mes yeux fes membres qu'il dévore.
Eperdu, défolé, j'allois venger fa mort ;
Ou plûtôt éprouver fon déplorable fort ;
Lorfqu'à mon défefpoir un feul Romain fenfible,
Fit rougir l'Empereur de ce fpectacle horrible.
Son fecours m'arracha du Cirque redouté,
Et je lui dois la vie avec la liberté.
Juge après ce revers, fi ma haine eft fondée,
Et fi d'un vain tranfport mon ame eft poffedée.

S E G E S T E.

Mes fens font pénétrés d'épouvante, & d'horreur,
Et tous vos mouvemens ont paffé dans mon cœur.

Je voudrois, pour punir sa fureur meurtriere :
Je voudrois comme vous détruire Rome entiere :
Mais, dites moi, Seigneur, échapé du trépas,
Dans quels lieux inconnus portates-vous vos pas ?

VINDORIX.

Je m'éloignai de Rome, & dans la Germanie
J'allois cacher mon nom, & mon ignominie ;
Mais enfin la raison sçut me faire sentir
Que des forfaits d'autrui j'avois tort de rougir ;
Et qu'un suplice injuste, & qui n'est dû qu'au crime,
Deshonore l'auteur, & non pas la victime.
J'osai me présenter au Chef des Saliens,
Et de ses interêts je fis bientôt les miens.
Instruit que Pharamond descendoit des nos Princes,
Je conduisis ses pas au sein de nos Provinces.
Par ce moyen heureux, & seul digne de moy,
J'établis dans la Gaule un légitime Roy :
Je tirai des Romains une noble vengeance,
Et de mon bienfaicteur je fondai la puissance.
C'est ainsi qu'un Guerrier reconnoît les bienfaits ;
Et c'est par la vertu qu'il punit les forfaits.

SEGESTE.

L'estime de ce Prince avec sa confiance,
Est d'un zele si beau la juste récompense ;
Et les dons que sur vous sa faveur a versés,
Effacent tous les traits de vos malheurs passés.

V I N D O R I X.

Rien ne peut réparer les maux de ma famille,
J'ai vû périr mon fils, & j'ai perdu ma fille ;
L'heureux fort de mon Roy peut feul me confoler.
Sa captive paroît, & je dois lui parler ;
Segefte ; laiffe-nous.

SCENE II.

VINDORIX, ARMINIE

V I N D O R I X.

LE bien de cet Empire,
L'interêt de mon Prince, & l'honneur qui m'infpire,
Mon âge, mon rang même, & votre fûreté
Veulent que je vous parle avec fincerité.
L'amour du Roy, pour vous eft funefte à fa gloire,
Et l'auftere vertu que vous devez en croire,
Vous défend d'écouter malgré l'orgueil jaloux,
Les foupirs d'un Héros qui n'eft pas né pour vous.
Loin de flatter fes vœux, & de nourrir fa flame.
Vous devez par vos foins l'arracher de fon ame ;
Et ne point préferer l'honneur de l'avilir,
A celui de le rendre au rang qu'il doit remplir.

ARMINIE.

A suivre vos conseils, Seigneur, je suis portée ;
Des hommages du Roy loin que je sois flattée,
Ils ne font qu'ajouter à mes ennuis affreux.
Que je puisse obtenir dans mon sort rigoureux,
La liberté de fuir pour jamais sa présence,
Et le bien de revoir les lieux de ma naissance,
C'est tout ce que je veux, & tout ce que j'attens.

VINDORIX.

Vous verrez vos desirs remplis dans peu de tems.

ARMINIE.

Mais qu'osai-je esperer, & quelle est mon envie!
Tristes murs de Tournai! Malheureuse patrie!
Vous n'êtes plus pour moi qu'un objet de douleur.

VINDORIX.

Vous avez dans Tournai vû le jour?

ARMINIE.

Oüi, Seigneur.

VINDORIX.

J'y suis né comme vous, & c'est assez pour pren-
        dre
A vos jours malheureux l'interêt le plus tendre.
D'une fille que j'eus, & qu'un destin jaloux
Enleva dès l'enfance à mes vœux les plus doux,
Vos malheurs & vos traits me rappellent l'image.
Elle est morte, ou languit dans un triste esclavage.

ARMINIE.

De barbares Soldats, dès mes plus jeunes ans,
M'arracherent comme elle aux bras de mes parens.

VINDORIX.

Ce rapport à mes yeux vous rend encor plus chere.

ARMINIE.

Vous retracez aux miens le souvenir d'un pere,
Seigneur, quoique ses traits légerement gravés,
Se soient dans ma mémoire à peine conservés,
Vous semblez m'en offrir une image confuse,
Et mon esprit se plaît dans l'erreur qui l'abuse.
Mais hélas ! il n'est plus ce pere infortuné,
Ou dans un lieu-désert, il vit abandonné.

VINDORIX.

Je sens à ce discours que ma pitié redouble.
Parlez, jeune Captive, éclaircissez mon trouble,
De l'auteur de vos jours quels furent les mal-
    heurs ?
Je ne veux les sçavoir que pour sécher vos pleurs.

ARMINIE.

Ah ! Je ne puis, Seigneur, sans frémir d'épouvante
Tracer à vos regards sa disgrace effraïante !
Les perfides Romains lui firent éprouver,
Dans le Cirque...... Seigneur, je ne puis achever.

VINDORIX.

Dans le Cirque, Grands Dieux!

Biiij

A M B I O M E R.

      Oui leur rage inhumaine
Avec son triste fils l'exposa sur l'arene.
Un monstre y déchira mon frere malheureux......
Seigneur, vous pâlissez à ce récit affreux?

    V I N D O R I X.

Vindorix ! à ces traits peux-tu te méconnoître !

    A R M I N I E.

Vindorix ! Ciel qu'entens-je !

     V I N D O R I X.

      Oui tu le vois paroître.
Arminie ! O ma fille !

     A R M I N I E.

      O surprise ! O bonheur !
Je reconnois mon pere aux transports de mon cœur

    V I N D O R I X.

Après tant de regrets , je te revois ma fille ,
La fortune me rend l'espoir de ma famille.
Mes maux sont réparés,& ces instans flatteurs
De douze ans de revers réparent les horreurs.
Je sens par le plaisir d'une vûe aussi chere ,
Que le bien le plus doux est celui d'être pere.
Il semble que le sort soit extrême pour nous.
Après m'avoir frappé de ses plus rudes coups ,
Il épuise sur moi ses faveurs ramassées ,
Et mesure ses dons à ses rigueurs passées.

J'ai retrouvé ma fille , & fuis cher à mon Roy.
Elle partagera fes bienfaits avec moi . . . .
Mais je me laiffe trop emporter par ma joye,
Et trop plein du bonheur que le Ciel me renvoye
Je parois oublier qu'un interêt plus fort ,
Veut qu'au fond de mon cœur je cache mon tranfport.
Et tienne un tel fecret dans un profond filence.

A R M I N I E.

Vous Seigneur , Qui vous porte à taire ma naiffance ?

V I N D O R I X.

L'amour que Pharamond a puifé dans tes yeux.
Il flatte , mais en vain, mes vœux ambitieux.
Cette flâme eft contraire à fa gloire jaloufe,
La fœur de Gondebaud doit être fon époufe.
Ce nœud doit dans la Gaule affermir fa grandeur :
Ton deftin découvert porteroit fon ardeur
A violer bien-tôt fa parole donnée ;
Au mépris de fa foi tu ferois couronnée.
Je ne détruirai point ce que j'ai commencé ,
J'aurois même à rougir fi j'avois balancé ,
Et je dois immoler dans ce danger finiftre,
Les interêts du pere aux devoirs du Miniftre.
L'avantage du Prince , & le bien des fujets ,
Mon honneur , tout me porte à l'effort que je fais ,
Quand j'étouffe pour eux la voix de la nature ;
Ma fille , de tes fens fais taire le murmure ,

Laiſſe dans ſon erreur le Monarque des Francs :
Fuis plûtôt ſes regards & ſa Cour quelque tems.
Tu lui dois ces efforts pour guérir ſa foibleſſe,
Songe qu'il eſt plus beau d'écouter la ſageſſe
Et d'oſer au devoir ſacrifier l'orgueil ,
Que d'obtenir un rang qui ſeroit ſon écueil.

ARMINIE.

Ne craignez rien , Seigneur , des déſirs d'Arminie ;
Ce rang ne fut jamais l'objet de ſon envie.
L'interdire à ſon cœur , c'eſt répondre à ſes vœux ,
Et ſi vous l'exigiez , il ſeroit malheureux.

VINDORIX.

Je ſuis auſſi content de ton obéïſſance ,
Que je ſuis étonné de cette répugnance ,
Pour un bonheur qui doit flatter un jeune eſprit.
L'éclat de la grandeur , le charme , & l'éblouit,
A moins que le pouvoir d'une plus douce ivreſſe ,
N'efface des honneurs l'image enchantereſſe.
Ma fille , tu rougis , il t'échappe un ſoupir ?

ARMINIE.

Du ſoin qui me l'arrache il faut vous éclaircir.
D'un pere tel que vous l'amour & la prudence,
Méritent de mon cœur toute la confiance.
Mon ſeul reſpect pour vous eſt ma régle aujourd'hui ,
Je dois vous faire juge , entre mon cœur & lui.
Je vais vous dévoiler ſes replis les plus ſombres ,
Et vous ôter le ſoin d'en pénétrer les ombres,

Moins pour juftifier ce qu'il ofe fentir ,
Que pour fubir l'arrêt qui doit l'affujettir.
S'il eft dans le péril , vous fçaurez le conduire,
Et vous le punirez s'il s'eft laiffé féduire.
Malgré le poids des fers & de l'abbatement ,
Ce cœur a prévenu votre confentement ;
Il s'eft donné , Seigneur ; mais c'eft au vrai mérite,
Et la vertu régit l'ardeur qu'il a produite.

VINDORIX.

Parle , quel eft celui que ton cœur ofe aimer ?
Son nom juftifiera ......

ARMINIE.

Je tremble à le nommer,
C'eft.........

VINDORIX.

Acheve........

ARMINIE.

Maxime.

VINDORIX.

Ah ! Quel amant , Grands Dieux !
Le chef des Ennémis , un Romain odieux !

ARMINIE.

Vous ne connoiffez pas, Seigneur, quel eft Maxime.
Il doit plus que tout autre attirer votre eftime ,
C'eft un Romain illuftre , égal aux Marcellus ,
Digne du tems d'Augufte , & non d'Honorius;

Dans ma captivité mon Protecteur sincere :
Mais un titre plus grand fait que je le révére ,
Du bonheur que je goute , il eſt l'heureux auteur,
Et pour tout dire enfin votre Libérateur.

V i n d o r i x.

Mon Libérateur ?

A r m i n i e.

Oui : C'eſt ſon ſecours propice,
Qui déroba vos jours à l'indigne ſupplice,
Où les auroit livrés le cruel Stilicon ;
Et ce trait à l'aimer a forcé ma raiſon.

V i n d o r i x.

Sur Vindorix lui-même, il a tant de puiſſance,
Qu'il fait céder ſa haine à la reconnoiſſance :
A la fureur des ſiens Maxime mit un frein ,
Et le grand homme en lui rétablit le Romain.
C'eſt aux eſprits communs , aux ames ordinaires ,
A plier ſous le joug des préjugés vulgaires ;
Mais les cœurs généreux jugent ſans paſſions ,
Regardent les vertus , & non les nations ;
Diviſés d'interêt la probité les lie ,
Et Romains ou Gaulois , ils n'ont qu'une Patrie.
Les climats differens ne changent point leurs mœurs ,
Ennemis aux combats , amis partout ailleurs.
Loin de blâmer ton choix , & de gêner ton ame,
Ma fille , je te loue , & j'applaudis ta flâme.

Du bien que j'ai reçû , tu t'acquittes pour moy ,
Et qui sauva mes jours , est seul digne de toy.
A R M I N I E.
Ah ! Que ne dois-je point aux bontez de mon Pere ?

S C E N E III.

VINDORIX, ARMINÍE, AMBIOMER.

A M B I O M E R . . . . *à Vindorix.*

A Nos armes , Seigneur , la fortune est prospere.
Pharamond est vainqueur , son triomphe est
entier ,
Les Romains sont défaits , leur Chef est prisonnier ;
Maxime pris par moi , suit le char de mon Maître.
A R M I N I E *à part.*
Qu'entens-je ?
A M B I O M E R.
A ses regards hâtez-vous de paroître :
Déja vers ce Palais , le Roy marche à grands pas ,
Applaudi par le peuple , & porté des Soldats.
V I N D O R I X.
Jour heureux ! jour célebre , où la Gaule affranchie.
Voit naître une nouvelle , & juste Monarchie ,
Qui fait un peuple seul des Francs & des Gaulois ;
Et chasse les Tyrans , pour établir les Rois.

Fin du second Acte.

ACTE III.

SCENE PREMIERE.

PHARAMOND, MAXIME *défarmé*;
AMBIOMER, *Suite de François vainqueurs*;
& de Romains vaincus.

PHARAMOND.

E Ciel s'eft déclaré pour nôtre jufte au-
    dace,
Et l'univers va prendre une nouvelle face:
Ses Tyrans font vaincus, & nos vaillan-
    tes mains
Portent le dernier coup au pouvoir des Romains.
Leur force divifée annonce leur ruine;
Vers fa fin chaque jour ce grand corps s'achemine:
On voit de tous côtez fon Empire affoibli,
Les tems font arrivés, l'oracle eft accompli.

De l'Espagne chassés, par l'effort du Vandale,
Par l'audace des Gots pris dans leur Capitale,
Et par nous dans la Gaule heureusement défaits ;
Ils sont forcés d'attendre une honteuse paix.
A son dernier instant leur gloire est parvenue,
Du foible Honorius la mollesse connue,
La prise de leur Chef * qui paroît à vos yeux,
Tout vous est de leur chute un garant précieux.
D'autres loix, d'autres mœurs, vont regner sur la terre ;
De nouveaux Conquérans y portent le tonnerre,
Et du Trône avili relevant la splendeur,
Sur les débris de Rome élevent leur grandeur.
Livrez-vous à la joye, heureux peuples de France,
Son Regne va finir, & le vôtre commence ;
Le sort irrévocable en a marqué l'instant,
Et promis de le rendre aussi long qu'éclatant ;
Son bonheur doit du monde égaler la durée,
Et portant le flambeau dans l'Europe éclairée,
Cet Etat fortuné qui s'éleve aujourd'hui,
Sera des Nations le modéle & l'appui.

M A X I M E.

Roy des Francs, la victoire aveugle ton courage,
Et tu pousses trop loin l'orgueil qui nous outrage,
Ton dessein est plus grand que facile à remplir,
Et ta prédiction est loin de s'accomplir :

* Montrant Maxime.

Apprends que mon malheur n'a point épuisé Rome ;
En triomphant de moi tu n'as défait qu'un homme.
D'autres chefs plus heureux, en s'armant pour ses
     droits,
Reprendront l'ascendant qu'elle eut sur tant de Rois ;
Ta conquête n'est pas encor bien affermie ;
Un jour peut renverser ta foible Monarchie ;
De tes premiers succès fois moins enorgueilli,
Et sous ses fondemens crains d'être enseveli.
Oui, quoique le destin lui soit moins favorable ;
Songe que cette Rome est toujours redoutable,
Qu'elle est la Reine encor de plus d'un Souverain ;
Et qu'un Sceptre brisé n'est qu'un jeu de sa main.

P H A R A M O N D.

C'est ainsi qu'auroient pû répondre tes Ancêtrés,
Mais leurs fils n'ont plus droit de nous parler en
     Maîtres.
Du nom Romain comme eux vous êtes revétus ;
Vous avez leurs discours, mais non pas leurs vertus.
De vos pertes sans cesse on voit grossir le nombre,
Et de ce qu'elle fut, Rome n'est plus que l'ombre,
Ses enfans sont plongés dans un lâche repos.
L'esclave a pris chez eux la place du Héros :
Leur nom n'impose plus dans le siecle où nous som-
     mes,
Et les Dieux de la terre à peine sont des hommes,
Devant

Devant nos étendarts ils ont appris à fuir ,
Et souples courtifans , ne fçavent qu'obéir.

M A X I M E.

Pharamond , contre nous quoi que tu puiffes dire ,
Jamais tant de grandeur n'a regné dans l'Empire :
Tout ce qu'ont d'éclatant l'abondance & les Arts
Se trouvent réunis dans la Cour des Cézars.
Rome eft plus que jamais en grands hommes feconde,
Elle eft toujours l'Arbitre , & l'Ecole du monde :
Le courage des fiens n'eft plus une fureur,
L'efprit & la prudence éclairent leur valeur.
Les Romains cultivés au fein de la richeffe
De leurs ayeux groffiers ont perdu la rudeffe :
L'étude parmi nous paffe jufqu'au foldat :
Poli dans le repos , & fier dans le combat,
Il orne en même tems & défend fa Patrie ,
Il fçait braver la mort , & jouir de la vie.

P H A R A M O N D.

Des Romains d'aujourd'hui tu flattes le portrait ,
Et ces Arts dangereux dont tu vantes l'attrait ,
Ont corrompu leurs mœurs , énervé leur courage ;
C'eft un fléau pour eux , plûtôt qu'un avantage ;
Leurs cœurs efféminés que la fatigue abbat ,
Vivent dans l'indolence , & meurent fans éclat ;
Et tout ce vain fçavoir , dont ils font leurs délices,
Eft l'oubli des devoirs & l'étude des vices.

C

Habiles dans la fraude & dans la volupté,
Ils en font leur mérite & leur félicité,
Et devant leur raison qu'un faux brillant égare,
L'honneur eſt étranger, & la candeur barbare ;
Nous ſommes trop heureux, Soldats qu'elle a nourris,
De mériter ce titre & d'avoir leur mépris :
Ils ſont dignes du nôtre ; & l'amour de la gloire
Du côté des François paſſe avec la victoire,
Au faſte qui les ſuit nous devons ce bonheur,
Et leur luxe fatal eſt leur premier vainqueur.
C'eſt le ſeul ennemi que Pharamond redoute.
Tout ce que je demande au Ciel qui nous écoute,
Eſt de nous garantir de ce poiſon honteux,
Et puiſſe-t'il toujours épargner nos neveux !
Puiſſent-ils conſerver notre heureuſe ignorance,
Et ne jamais ſubir le joug de l'opulence !

SCENE II.

Les Acteurs précedens, VINDORIX, *Suite de Gaulois.*

VINDORIX.

Vainqueur de nos tirans, Vindorix devant vous,
Au nom de nos Gaulois vient fléchir les génoux,
Et vous jurer pour eux les hommages ſincéres
Et la fidélité qu'ils eurent pour vos peres.

La Gaule en même tems vous presse par ma voix,
De rétablir les siens dans leurs premieres Loix ;
Avec le joug de Rôme éteignez ses usages,
Et faites refleurir nos mœurs simples & sages.

PHARAMOND.

Oui, je promets, pour prix de leur fidelité
De ramener les tiens à leur simplicité,
Telle que le François la conserve encor pure ;
Et telle qu'il la tient des mains de la nature.
Sa justice est son bras ; sa loi, la probité,
Sa replique, le fer ; son bien, la liberté ;
Pour ce bien précieux il n'est rien que je n'ose ;
Au péril de mes jours je défendrai leur cause
Si je fonde un état, & prétends le regir,
C'est pour le rendre libre & non pour l'asservir.
Laissons aux vils Tirans l'urbanité Romaine,
Et sans leur envier cette qualité vaine,
Pour la liberté seule illustrons nôtre rang,
Et faisons voir un Roy digne d'un Peuple Franc.
Dans la Gaule à jamais j'abolis l'esclavage ;
La nature gémit d'un si cruel usage.
Tous les Peuples sont faits pour être gouvernés,
Mais les coupables seuls doivent être enchaînés ;
Et parmi les Germains, les Francs & les Bataves,
L'honneur fait les sujets ; le crime les esclaves ;

Dans mes juſtes deſſeins ils m'ont ſçû maintenir,
Dans leurs droits à mon tour je dois les ſoutenir.
Je veux que tout ſoit libre entrant dans cet empire,
La franchiſe eſt un droit de l'air qu'on y reſpire :
J'étends cette faveur juſqu'à mes ennemis,
Et je briſe leurs fers quand je les ai ſoumis.
Maxime dans ma Cour n'a plus rien qui le lie,
Il peut avec les ſiens partir pour l'Italie,
Et dire à leur Cezar qu'un Prince des Germains
Fait ſur l'humanité des leçons aux Romains,
Que nous ſuivons ſans art l'équité naturelle,
Et que nous préferons, en combattant pour elle,
L'ignorance aux clartez qui vous ont amolis,
Et la vertu ſauvage à des vices polis.

M A X I M E.

Tu m'as vaincu deux fois, & je mettrai ma gloire
A publier par tout ta derniere victoire ;
J'obtiens la liberté, mais je ne la reçoi,
Que pour me ſouvenir que je la tiens de toi.
Heureux, ſi je puis rendre un Roi ſi magnanime,
L'allié des Romains, & l'ami de Maxime !

P H A R A M O N D.

Les nobles ſentimens que tu fais éclater,
Me frappent à leur tour & te font reſpecter.
Pharamond eſt touché de ta reconnoiſſance ;
Il pourra des Romains accepter l'alliance,

Si ton cœur le défire, & s'il l'obtient par toi,
Sans abbaiffer le fceptre & dégrader le Roi ;
Et que me diftinguant de la foule des Princes,
Ils renoncent aux droits qu'ils ont fur ces Provinces :
Qu'Honorius & lui marchent d'un pas égal,
Et qu'il foit fon ami fans être fon vaffal.

(Maxime fort.)

SCENE III.

PHARAMOND, VINDORIX, *Suite.*

PHARAMOND, *à fa Suite.*

A Llez, braves Soldats, fiers vengeurs de la terre,
Jouir dans le repos des honneurs de la guerre.

(La Suite fort.)

SCENE IV.

PHARAMOND, *feul.*

D Ebarraffé des foins du Prince & du Guerrier,
Je puis à mon ardeur me livrer tout entier.
Je n'ai plus de mon camp à redouter le blâme ;
Ma gloire fatisfaite autorife ma flâme.

C iij

L'amour doit délasser un Monarque vainqueur,
Et de tous ses travaux être le prix flatteur.
J'ai le droit desormais de brûler sans foiblesse,
Ma Captive s'avance, & prévient ma tendresse.

SCENE V.

PHARAMOND, ARMINIE.

ARMINIE.

DU bruit de vos bienfaits ce Palais retentit,
Tout est libre, Seigneur, & tout vous applaudit.
Souffrez que partageant l'allegresse publique,
Je joigne mes transports à ceux de la Belgique.
Plus qu'un autre je dois louer votre bonté,
Puisqu'elle rompt le cours de ma captivité.
Je ressens vivement le don que vous me faites,
Et profitant des droits qu'ont toutes vos Sujettes,
Pour revoir mes parens, je quitte votre Cour,
Et je vais, dans les lieux où j'ai reçu le jour,
Publier vos bienfaits, & goûter les premices
D'un régne florissant qui fera nos délices.

PHARAMOND.

A ce discours fatal tous mes sens étonnés
Demeurent suspendus, & sont comme enchaînés.

Vous voulez me quitter, ô Ciel! est-il possible?
Vous osez me porter le coup le plus sensible,
Et sous l'humble dehors d'une fausse douceur,
En me remerciant, vous me percez le cœur.

ARMINIE.

Je vous porte à regret cette atteinte cruelle;
Mais, Seigneur, mon devoir dans d'autres lieux
    m'appelle.
Un espace trop grand vous sépare de moi:
Je sçai que pour me voir l'épouse de mon Roi,
La source de mon sang n'est pas assez brillante,
Et j'aurois à rougir du nom de son Amante.

PHARAMOND.

Ah! sortez au plutôt d'une fatale erreur;
Je prétens par mes soins m'assurer votre cœur,
Il peut faire lui seul mon bonheur véritable.
Si je puis obtenir un bien si desirable
De toute ma grandeur je sçaurai l'acheter,
Et la Couronne encor ne pourra m'acquitter.

ARMINIE.

Votre gloire, Seigneur, en seroit offensée,
Et le bien de l'Etat m'en défend la pensée.
Adieu: votre repos me presse de partir.

PHARAMOND.

Non, non, cruelle, non je n'y puis consentir,

Demeurez dans ma Cour, il y va de ma vie :
Votre Prince le veut, votre Amant vous en prie.

A R M I N I E.

Pharamond malgré moi veut donc me retenir ?
Dans un jour où chacun s'empreſſe à le bénir,
Où le plus vil eſclave obtient de ſa puiſſance,
La liberté qu'il donne aux Sujets de la France,
Il me prive d'un bien dont il fait une loi,
Et le pere du Peuple eſt un tyran pour moi.

P H A R A M O N D.

Ingrate, pouvez-vous de ce nom que j'abhorre,
Pouvez-vous appeller un Roi qui vous adore !
Je ne vous retiens point en Maître impérieux,
Qui ſe ſert contre vous d'un pouvoir odieux.
C'eſt en amant rempli de l'ardeur la plus vive,
Qui s'attache lui-même au char de ſa captive.
Si j'arrête vos pas, c'eſt pour votre bonheur :
Eſt-ce un tourment pour vous de regner ſur mon cœur ?
Vous ne ſentirez point le poids de ma puiſſance ;
Les bienfaits, les honneurs & la reconnoiſſance,
Sont les nœuds dont je veux vous lier à ma Cour.
Vous voir, eſt le ſeul prix qu'exige mon amour.
Vous ne pouvez me fuir, ſans me faire un outrage :
Vivre auprès de ſon Roi, n'eſt pas un eſclavage.
J'ai de la ſervitude affranchi mes Etats,
Pour faire des heureux, & non pas des ingrats.

Gardez-vous d'abufer des fruits de ma clémence ;
Et fongez que je fouffre avec impatience ,
Qu'on s'arme contre moi de mes propres bienfaits ,
Et qu'on m'ofe punir des graces que je fais.
Une autre récompenfe eft dûe à ma tendreffe.
C'eft vous en dire affez : penfez-y , je vous laiffe.
Avant la fin du jour , je verrai fi je doi
Me conduire en amant , ou commander en Roi.

(Il fort.)

SCENE VI,

ARMINIE, *feule.*

A Languir dans fa Cour me voilà condamnée ,
Par fon amour fatal je m'y vois enchaînée.
D'une autre cet amour feroit tout le bonheur ,
Et de mon cœur fidele il comble la douleur.

SCENE VII.

MAXIME, ARMINIE.

MAXIME.

JE vous revois enfin , ô ma chere Arminie !
Et le deftin me rend le feul bien que j'envie,

Au pouvoir des François sa rigueur m'a livré ;
Mais, puisque je vous parle, il a tout réparé :
J'attache à ce bonheur & ma vie & ma gloire,
Et si j'ai dans ces lieux souhaité la victoire,
C'étoit moins pour venger notre Empire jaloux,
Que pour y revenir plus digne encor de vous
Vous ne répondez rien à mon ardeur pressante,
Et je lis dans vos yeux une froideur glaçante.
Au malheur qui me suit sans doute je la dois,
Et Maxime vaincu n'a plus les mêmes droits.

ARMINIE.

Ah ! Seigneur, étouffez un soupçon qui m'offense,
C'est mon amour pour vous qui cause mon silence,
Le coup le plus cruel nous menace en ce jour,
Et va nous séparer peut-être sans retour.

MAXIME.

Quel obstacle s'oppose au nœud que je souhaite,
Quand tout sert mes desirs jusques à ma défaite,
Elle vient de porter votre Roi généreux,
A détruire des fers l'usage rigoureux.
De la captivité tous deux il nous délivre :
J'abandonne la Gaule, & vous pouvez me suivre.

ARMINIE.

Par de nouveaux liens mes pas sont retenus,
Et nos plus grands revers ne vous sont pas connus.

Ce Monarque si grand, que vous louez vous-même...
Dont je suis la Sujette...

MAXIME.

Eh-bien ?

ARMINIE.

Seigneur, il m'aime.
Et ce penchant fatal qui l'attache à mes pas,
M'ôte la liberté qui régne en ses Etats.

MAXIME.

Pharamond mon rival ! ah ! ce nom dans mon ame.
Allume ma colére, & révolte ma flâme.
Mon cœur, qui dans sa Cour vous voit avec terreur,
Lui pardonne sa gloire, & non pas son ardeur.
Vous êtes le seul bien où ma tendresse aspire :
J'armerai pour ce bien tous les bras de l'Empire.
Fuïez, si vous m'aimez, fuïez de ce Palais ;
Epargnez à mes feux les plus cruels excès :
Je vois en frémissant le danger qui vous presse.

ARMINIE.

Vous voulez que je fuïe ; en suis-je la maitresse ?
Pharamond, malgré moi, m'arrête dans sa Cour ;
Et rien n'abuse un Prince éclairé par l'amour.

MAXIME.

Par ce fier Souverain vous m'êtes donc ravie ?
Non, il faudra plutôt qu'il m'arrache la vie.

Frappé de ſes vertus, ſéduit par ſes bienfaits,
J'allois porter Céſar & les miens à la paix;
Mais le prix qu'il m'enleve, & que je lui diſpute,
Entraînera ma perte, ou cauſera ſa chûte.
La rage eſt mon ſeul guide, & mon bras furieux
Va reporter la flâme & le fer en ces lieux.
Je puis dans mon parti ramener la victoire :
J'ai des ſecours tous prêts aux rives de la Loire,
Je cours les raſſembler, & je laiſſe dans Reims
La moitié des Gaulois, qui ſont encor Romains.
Ils feront les premiers à m'en ouvrir les portes.
J'y reviendrai ſuivi de nos fieres cohortes,
Vous arracher des bras d'un rival odieux,
L'immoler ſur ſon Trône, ou périr à vos yeux.

A R M I N I E.

Ah! cruel, arrêtez, prenez-moi pour victime,
Plutôt que d'attaquer mon Prince légitime.
A ce noir attentat je préfere la mort,
Et ne reconnois plus Maxime à ce tranſport.
Il a par la vertu mérité mon eſtime,
Veut-il donc aujourd'hui la perdre par le crime?
Non, mon honneur bleſſé ne le ſouffrira pas;
Et, ſi contre mon Roi vous armiez votre bras,
Des horreurs qui ſuivroient une injuſte querelle
Je me verrois, Seigneur, la cauſe criminelle;

Mon amour deviendroit funeste à nos Gaulois,
Et je rendrois mon nom exécrable aux François :
J'irois porter le fer au sein de ma Patrie,
Exposer de mon Prince & le sceptre & la vie,
Mes yeux verroient pour eux ravager ses Etats !
Que la terre plutôt s'entrouvre sous mes pas.
Il a brisé vos fers, & la reconnoissance
Vous défend, comme moi, d'écouter la vengeance.
Songez par ce moïen que vous perdrez mon cœur :
Il ne sera jamais le prix de la fureur.

M A X I M E.

Mais pour vous posseder je n'ai que cette voïe,
Vous n'êtes plus à moi, si mon bras ne l'emploïe.
Si comme mon amour vos feux étoient ardens,
Ils auroient plus d'audace, & seroient moins prudens.
Le devoir prend sur vous un trop puissant empire,
Ou la grandeur plutôt a l'art de vous séduire ;
Vos sens sont éblouis d'un éclat enchanteur,
Et suivent en secret les Drapeaux du Vainqueur.
Mais Maxime jaloux d'un si grand avantage,
Doit, pour l'en dépouiller, signaler son courage ;
Et forçant la fortune à changer d'Etendards,
Le punir de sa gloire & de tous vos regards.

A R M I N I E.

Pouvez-vous soupçonner ma tendresse fidelle,
Et faire à ma vertu cette injure mortelle ?

Sçachez que ma foiblesse est de vous trop aimer ;
Et c'est la seule, ingrat, dont on peut me blâmer,
Votre seul interêt a réglé ma conduite ;
Et par l'éclat du Roy, loin que je sois séduite ;
Apprenez que ses soins ont fait couler mes pleurs ;
Et que j'ai mis ses feux au rang de mes malheurs.
J'ai refusé pour vous son cœur, son diadême ,
Et toute sa grandeur que vous croyez que j'aime.
Ma flame a dans ces murs de sa fidélité
Un garant sans reproche , un témoin respecté.
C'est Vindorix , Seigneur ,

M A X I M E.

Votre pere ?

A R M I N I E.

Oui mon pere ;

Il a le sort propice autant qu'il l'eut contraire.
Il est de Pharamond le Ministre & l'appui ,
Vous pouvez dans ces lieux tout espérer de lui ;
Il sçait qu'il tient de vous la clarté qu'il respire ,
Moi-même de nos feux j'ai pris soin de l'instruire ,
A cet aveu pour vous, j'ai sçu forcer mon cœur ;
J'ai plus fait : à m'unir à son liberateur
J'ai porté sa tendresse & sa reconnoissance ;
Et renonçant pour vous aux droits de ma naissance
J'aurois suivi vos pas , si le Roy l'eût permis.

Cruel ! de tant d'amour vos fureurs sont le prix ;

Vous ne me croyez pas ; mais je le vois paroître,
Et vous allez enfin apprendre à me connoître.

SCENE VIII.

ARMINIE, MAXIME, VINDORIX.

ARMINIE, *à Vindorix*.

Seigneur à vos bontez votre fille a recours,
Elle n'a plus d'espoir que dans votre secours.
Quand mon Roy me retient, Maxime me soupçonne ;
A d'aveugles transports son ame s'abandonne.
Daignez à ses regards justifier mon cœur,
Détournez les effets d'une injuste fureur.
Vous sçavez à quel point son estime m'est chere ;
Et je puis l'avouer en présence d'un pere :
D'un retour mérité je ne dois point rougir,
Vous l'approuvez vous-même, & devez le régir.
C'est à des feux honteux, à des ardeurs coupables,
A craindre les regards des parens redoutables :
Mais une flâme juste, un amour vertueux
Les prend pour confidens, & se conduit par eux ;
Daignez regler, Seigneur, ma démarche timide ;
Soyez dans ce péril mon conseil & mon guide.

Pour quitter ce Palais & fuir mon Souverain ,
Vôtre fecours peut feul me frayer un chemin :
Je ne puis deformais y demeurer fans crime ;
J'expofe ma Patrie au courroux de Maxime.
Me féparer de vous , fait toute ma douleur ;
Mais ce regret mortel doit céder au malheur
De devenir ici le flambeau de la guerre ,
Le fléau de la Gaule & l'horreur de la Terre.

V I N D O R I X.

Ta priere eft trop jufte , & je dois l'exaucer
Ta fuite eft néceffaire , & je cours la preffer.
A votre himen , Seigneur , je fuis prêt de foufcrire.
Quels que foient vos foupçons, ce mot doit les détruire.
Maxime obtient de moi par fes nobles bienfaits
Ce que par fon pouvoir Céfar n'auroit jamais.
Qu'il foit fûr de fa main , puifqu'il a la puiffance
De me faire oublier la plus mortelle offenfe ,
Et m'infpire l'amour que j'aurois pour un fils ,
Au milieu de l'horreur que j'ai pour fon Païs.

M A X I M E.

Ce bien inefperé , cette gloire imprevûe
Eft de toutes les honneurs le plus cher à ma vûe.
Seigneur , votre vertu qui fait vôtre fplendeur ,
Vous rend à mes regards plus grand que l'Empéreur.
Le Thrône n'eft qu'un don de l'aveugle fortune ,
Il n'éleve qu'aux yeux de la foule commune ,
L'heroifme

L'heroïfme parfait a feul de fi beaux droits ,
Et par là le grand homme eft au-deffus des Rois.
Je viens par mes foupçons d'offenfer Arminie ,
Permettez qu'à fes pieds mon amour les expie.

VINDORIX l'arrêtant.

Ils prouvent votre flâme & vous font pardonnés ;
Ces inftans précieux doivent être donnés
Au foin plus important de dérober fa fuite ;
Mais aux yeux de la Cour cachons notre conduite ;
Rentrons ; Nos pas ici peuvent être éclairés.
Pour choifir des moyens auffi prompts qu'affurés ,
Allons dans d'autres lieux coufulter la prudence.
Hâtons votre bonheur , & celui de la France ;
Je trompe les defirs d'un Prince généreux ,
Mais je dois préferer fa grandeur à fes feux ;
Et l'on ne rougit point d'employer l'artifice ;
Quand l'honneur le commande, & qu'on fuit la juftice.

SCENE IX.

MAXIME feul.

REgne, heureux Pharamond , & fois tout à la
     fois ,
L'arbitre , le modele , & le vengeur des Rois :

D

Je ne ſuis point jaloux de ta grandeur nouvelle,
La gloire qu'on m'accorde eſt plus flatteuſe qu'elle.
Sûr d'être poſſeſſeur d'un bien ſi précieux,
Tout défait que je ſuis, je parts victorieux :
Je quitterois pour lui l'empire de la Terre,
Et ce prix de l'amour vaut tous ceux de la guerre.

Fin du troiſiéme Acte.

ACTE IV.

SCENE PREMIERE.

ARMINIE, AMBIOMER.

AMBIOMER.

Es secrets importans que vous m'avez appris
Je connois le danger, & je sens tout le prix.
Je ne trahirai point les vœux de votre pere,
Et sur tous vos desseins je jure de me taire.
Le repos de l'Etat, est pour Ambiomer,
L'interêt le plus fort, & l'honneur le plus cher.
Je sens que vous devez fuir loin de cette Ville,
Et que votre départ est un malheur utile.
Madame, je suis prêt à le favoriser,
Et pour le rendre sûr, je vais tout disposer.

D ij

Vous pouvez d'autant plus compter sur ma promesse,
Que je sers Pharamond en trompant sa tendresse.
Pour sa gloire, je dois vous prêter mon appui,
Il porte ici ses pas, je vous laisse avec lui.

SCENE II.

PHARAMOND, ARMINIE.

PHARAMOND.

EH ! Bien dans vos desseins êtes-vous affermie,
Et vous déclarez-vous ma constante ennemie ?

ARMINIE.

Pour vous rendre à l'Etat, tout m'ordonne de fuir,
Et mon cœur par respect doit vous desobéir.

PHARAMOND.

C'en est trop, mes regards percent votre conduite.
C'est une autre raison qui presse votre fuite.
Vous vous parez en vain d'un prétexte imposant ;
Et pour abandonner votre bonheur présent,
Pour mépriser l'honneur d'enchaîner votre Prince,
Et préferer l'ennui d'une obscure Province,
A l'éclat d'une Cour, qui prévient vos souhaits ;
Où Pharamond lui-même est un de vos sujets,

Où de nos rangs, l'amour rapprochant la distance,
Peut un jour vous placer au Trône de la France ;
Le repos de l'Etat, le soin de mon honneur,
Sont de foibles motifs, que rejette mon cœur ;
Votre sexe n'a point ces craintes politiques :
Ces frivoles respects, ces périls chimériques,
Sont un voile trompeur, qui ne sert qu'à couvrir
La secrette raison, qui vous oblige à fuir.
Elle fait le sujet de mon inquiétude.
Je ne puis demeurer dans cette incertitude ;
Pour dévoiler ici l'obscure vérité,
Je vous demande enfin, de la sincerité.
Pour ne me rien cacher, faites-vous violence ;
Je n'exige de vous que cette récompense.

ARMINIE.

Ah ! Seigneur, se peut-il que le plus grands des Rois,
Dont les hautes vertus égalent les exploits,
Et qui remplit les vœux . . . . .

PHARAMOND.

        Quand je vous interroge,
Je veux de la franchise, & non pas un éloge.
Parlez, & sans détour, ouvrez-moi votre cœur.
Un autre n'a-t'il point prévenu mon ardeur ?

ARMINIE.

Puisqu'il faut vous répondre avec cette franchise,
Que votre ame demande, & ma gloire autorise,

Apprennez que mon cœur plus fort que les revers
S'eſt toujours conſervé libre au milieu des fers;
Et qu'il ne reconnoît de maître , & de puiſſance,
Que l'honneur , le devoir , & la reconnoiſſance.
Il a le Ciel pour Juge , & ſans m'humilier ,
Ma conduite ſuffit pour me juſtifier.
Ce cœur ne s'eſt jamais nourri que de triſteſſe ;
Mais quand même il ſeroit capable de foibleſſe,
Le droit de le ſçavoir ne vous eſt point acquis ,
Il n'appartient qu'aux Dieux , d'en percer les replis.

PHARAMOND.

Vain détour , qui ne fait que révolter mon ame ,
Et convaincre mes yeux de ta ſecrette flâme !

ARMINIE.

Seigneur , je n'aime point , & ce ſoupçon fatal ....

PHARAMOND.

Ton trouble le confirme ,& me nomme un Rival ,
Qu'un autre avant ton Roy,t'ait ſçû paroître aimable;
C'eſt un crime, du ſort tu n'en es point coupable;
Mais quand ce même Roy , t'en demande l'aveu;
Que ton ame s'obſtine à déguiſer ſon feu ,
C'eſt une trahiſon , qui part de ton audace ,
Et qui devant ſes yeux ne doit point trouver grace.
Un Guerrier de mon ſang , & de ma Nation,
Aiſément de l'amour reſſent l'impreſſion ;

Mais si son cœur est prompt à se laisser séduire,
D'un sexe séducteur, il sçait borner l'empire.
Il veut en l'adorant n'être point méprisé,
Et redoute sur tout l'affront d'être abusé.
Quelque ardeur qui l'entraîne, il rougiroit dans l'ame
S'il étoit le jouet des détours d'une femme;
A triompher par tout, il est accoutumé,
S'il n'étoit prévenu, ton Roy seroit aimé.

A R M I N I E.

A d'injustes aveux vous voulez me contraindre,
Vous me croïez coupable, & je ne suis qu'à plaindre.

S C E N E III.

PHARAMOND, VINDORIX, ARMINIE

V I N D O R I X.

PRince, en votre faveur tout se déclare enfin.
La sœur de Gondebaud doit arriver demain,
Pour former l'union que la Gaule désire,
Un Envoïé, Seigneur, vient ici vous le dire:
Hâtez-vous de répondre à son empressement.

P H A R A M O N D.

Quel parti dois-je prendre en ce cruel moment?
Et pour mon cœur troublé quelle atteinte mortelle

A R M I N I E.

Ne me retenez plus, Seigneur, cette nouvelle

Vous dit votre devoir, & presse mon départ.

PHARAMOND.

Cruelle, à ce devoir vous avez trop d'égard.

VINDORIX.

Pharamond, un moment peut-il être en balance;
Pour remplir un traité nécessaire à la France?
Aux transports de l'amour, peut-il s'abandonner,
Dans un jour solemnel, qui doit le couronner,
Et servir de modele au reste de sa vie?
Un Guerrier dont le bras fonde une Monarchie,
Peut-il être incertain, quand il faut l'affermir,
S'il doit suivre la gloire, ou croire un vain desir;
Et peser l'interêt d'une flâme frivole,
Avec l'honneur sacré de tenir sa parole.

PHARAMOND.

Quel est le joug cruel d'un rang trop éclatant !

VINDORIX.

L'Envoïé, par ma voix, vous presse en cet instant.

PHARAMOND.

Il faut à mes sujets, que je me sacrifie.
Je m'arrache à moi-même, en quittant Arminie;
Et c'est me préparer un éternel regret.

ARMINIE.

Ma présence retarde un si noble projet.

PHARAMOND.

Non, ne me quittez point dans mon trouble éfroïable;
Vous ne pouvez partir, sans vous rendre coupable.

VINDORIX.

Ne tardez plus, Seigneur, c'eſt trop vous arrêter.

PHARAMOND *ſortant*.

Quelle contrainte affreuſe, & qu'il va m'en couter!

SCENE IV.

ARMINIE *ſeule*.

POur ſortir de l'abîme, où le ſort ma conduite ;
Je ne vois que la mort, ou qu'une prompte fuite.
L'amour de Pharamond, eſt la terreur du mien.
Si je devois ſubir un ſecond entretien,
Je ne ſoutiendrois point cette attaque nouvelle,
Et je ſuccomberois à ma peine mortelle.
Il faudroit dans la gêne où l'on mettroit mon feu,
Expirer du ſilence, ou mourir de l'aveu.
Quel ſupplice pour moi, qui ſuis tendre & ſincere,
D'être réduite au point de manquer à mon pere !
D'expoſer mon amant, ou de tromper mon Roy,
De déguiſer mon ame, ou de trahir ma foy !

SCENE V.

VINDORIX, ARMINIE, MAXIME.

VINDORIX.

MA fille, à nos deſſeins le ſort eſt favorable,
Ambiomer nous prête un appui ſecourable.
Tandis que Pharamond eſt ailleurs occupé,
Et que de ſes regards je me ſuis échappé;
Il faut fuir de ces lieux, & le péril te preſſe:
Profite du loiſir que ce Prince te laiſſe.
Cede au ſort inflexible, & viens dans ces momens
Recevoir mes adieux, & mes embraſſemens.

ARMINIE.

Hélas! je n'ai gouté dans mon deſtin contraire,
Qu'un inſtant, la douceur de recouvrer un pere;
Pour le perdre ſi-tôt, faut-il le retrouver!
Le jour qui me le rend, me force à m'en priver.

VINDORIX.

L'honneur du Roy le veut, ton repos le demande,
L'interêt de la Gaule enfin te le commande.
Mais je dois m'occuper d'un autre ſoin pour toi,
Et la néceſſité m'en impoſe la loi.
Maxime, mon pouvoir l'un à l'autre vous lie.
Je vous remets le bien le plus cher de ma vie.

Qu'il m'acquite envers vous, du jour que je vous dois;
Et quand je vous préfere au Chef de nos Gaulois ;
Et que ses yeux vont voir une Terre ennemie,
Soïez-y son époux, son pere, & sa patrie.

M A X I M E.

Oui devant vous, Seigneur, j'en atteste le Ciel,
Garant de ma parole & du nœud mutuel....

V I N D O R I X.

Il suffit, & j'en crois votre simple promesse.
Pour former un himen, & lier la tendresse,
Le commun des mortels a besoin de sermens,
Mais l'honneur entre nous fait les engagemens.
Quand je donne à ma fille un époux que j'estime,
Pour rendre cette chaîne auguste & légitime,
Mon seul aveu suffit avec leur volonté ;
Votre nom & le mien en font la seureté.
Je veux Maxime seul pour garant autentique ;
Vindorix pour Ministre, & pour témoin unique,
Ma fille & son amour pour lien solemnel ;
Vos vertus pour serment, & vos cœurs pour autel.

M A X I M E.

Vous comblez mon bonheur ; & me rendez justice.

V I N D O R I X.

Hâtez-vous de saisir le seul moment propice.
Pour mieux tromper l'amour & les yeux d'un Rival,
Maxime, fuyez seul de ce Palais fatal. *(Maxime sort.)*

Et toi, ma fille; adieu : va joindre les captives
Qui doivent avec toi s'éloigner de ces rives :
Ton destin pour jamais t'appelle en d'autres lieux.

ARMINIE.

Mon pere recevez mes larmes pour adieux.

(Elle sort.)

SCENE VI.

VINDORIX seul.

POur la seconde fois, Grands Dieux ! je perds ma
    fille.
Je n'ai plus desormais que l'Etat pour famille :
J'immole la nature à son bien, à sa paix,
Qu'il fleurisse à ce prix, mes vœux sont satisfaits ;
Puisse l'ame du Roy n'être plus retenue ....
Mais il vient & son trouble éclate dans sa vûe.

SCENE VII.

PHARAMOND, VINDORIX, UN GARDE.

PHARAMOND.

AH ! cruel Vindorix, j'ai trop crû tes conseils,
Je n'ai jamais souffert des supplices pareils,

J'ai trop subi le joug d'une raison barbare.
Si mon cœur est heureux, qu'importe s'il s'égare.
Mon bonheur plus que tout doit m'être précieux.
Quoi, pour mon Peuple seul ai-je affranchi ces lieux?
Non, c'est un préjugé qu'il est tems que je brave;
Tout est libre par moi; serai-je seul esclave?

VINDORIX.

Eh! ne l'êtes-vous pas d'une fatale ardeur?
S'il faut subir des fers, portez ceux de l'honneur,
D'un Roy digne de l'être ils font le vrai partage;
Et vous ne regnerez que par cet esclavage;
Les liens de l'amour sont faits pour avilir;
Rompez, rompez les seuls dont vous devez rougir;
Et soyez par l'effet d'une plus noble ivresse,
L'esclave de la gloire, & non de la foiblesse.

PHARAMOND.

Non, tu fais sur mon cœur des efforts superflus;
Dans l'excès de sa flâme il ne se connoît plus;
L'amour peut faire seul le bonheur de ma vie,
Et pour me rendre heureux, je dois voir Arminie.
Qu'on aille l'avertir.   (*à un Garde.*)

VINDORIX *à part.*

Dieux! quelle est ma terreur!

PHARAMOND *au Garde.*

Obéis, qu'attens-tu? vole; sers mon ardeur.

L E G A R D E.

Seigneur, de ſes liens votre eſclave affranchie,
A quitté ce Palais pour revoir ſa patrie.

P H A R A M O N D.

Elle a fui de ces lieux ſans l'ordre de ſon Roy ?
Quelle audace ! mon cœur n'eſt plus maître de ſoi.

V I N D O R I X.

Seigneur, c'eſt un départ, & non pas une fuite ;
Vous devez pour vous-même approuver ſa conduite,
Et c'eſt vous épargner . . . . .

P H A R A M O N D.

         Non, non, je ſuis bravé.
C'eſt un affront ſanglant, il doit être lavé.
L'amour a préparé cette fuite hardie ;
Je dois punir l'auteur de cette perfidie,
Et pour le découvrir, employer les moyens . . .

V I N D O R I X.

Efforcez-vous plûtôt de briſer vos liens.

P H A R A M O N D.

Tout le ſang abhorré d'un rival qui m'outrage,
A peine ſuffira pour éteindre ma rage ;
Soldats, de toutes parts que l'on vole après eux,
Ma bouche, quel qu'il ſoit, fait un ſerment affreux,
D'expoſer le coupable à toute ma juſtice,
Et d'effrayer ces lieux de ſon cruel ſupplice ;

Je jure en même tems par mon pouvoir facré
Et par tout ce que l'homme a de plus réveré,
D'accorder à celui qui, découvrant le traître
Viendra me le livrer, ou le faire connoître,
La faveur qu'il voudra pour le prix d'un tel fang.
Pharamond outragé, n'excepte que fon rang;
Et faifant publier la peine avec la grace,
Il veut montrer à tous, pour étonner l'audace,
Qu'un Prince généreux que l'on ofe offenfer,
Eft extrême à punir, comme à recompenfer.

Fin du quatriéme Acte.

ACTE V.

SCENE PREMIERE.

VINDORIX *seul.*

IEUX ! la fureur du Prince à son
comble est montée,
Et par aucun pouvoir, ne peut être
d003domptée.
L'amour est pour les Rois le plus grand des fléaux,
Et va faire peut-être un Tyran d'un Héros.
Par ses ordres cruels ma fille infortunée,
Bien-tôt dans cette Cour va se voir ramenée.
Si pour surcroît d'horreur, Maxime est découvert.....
Je pâlis à l'aspect de cet abîme ouvert.
Malheureux Vindorix ! à ce coup effroyable,
Reconnois l'ascendant d'un astre impitoyable.
Ta vie est destinée aux revers éclatans.
Voici l'heure où tu vas pleurer en même tems ;

La

La gloire de ton Roy qui se couvre de blâme,
Le malheur de ta fille exposée à sa flâme ;
La mort de son époux ; que l'aveugle fureur,
Va punir & traiter en lâche ravisseur ;
Et le renversement peut-être de la France ;
Qui va voir sa grandeur périr dans sa naissance.
Pernicieux amour, ce sont là de tes coups !
Et les Thrônes détruits sont tes jeux les plus doux.
Mon cœur impatient . . .

SCENE II.
VINDORIX, SEGESTE.

VINDORIX.

AH ! te voilà , Segeste ?
Sur ton front abbatu je lis mon sort funeste :
Ramene-t'on ma fille ? Eclairci mon effroi.
SEGESTE.
Oui, les Francs ont, Seigneur, trop bien servi leur Roy
Par eux elle s'est vûe arrêtée en sa fuite.
Et devant Pharamond ils l'ont déja conduite.
VINDORIX.
Maxime est pris sans doute, & le sort déchaîné . . .
SEGESTE.
Il n'est point pris, Seigneur, ni même soupçonné.

Et ce Héros trompant la fortune jaloufe,
N'avoit point par bonheur joint encor fon époufe,
Quand on a fur fa trace envoïé des foldats,
Ni même aucun Romain n'accompagnoit fes pas.
Elle avoit feulement des Captives près d'elle :
Un Gaulois leur fervoit de Conducteur fidelle.
C'étoit d'Ambiomer un ferviteur zélé ;
Comme aux yeux des François il a paru troublé,
Ils l'ont chargé de fers & conduit comme un traître.
Sa prife a fait tomber les foupçons fur fon Maître.
Les jours d'Ambiomer, Seigneur, font en danger.
Dans d'obfcures prifons le Roy l'a fait plonger :
Il a votre fecret & celui d'Arminie,
Il peut le découvrir pour conferver fa vie.

V I N D O R I X.

Je n'ai point cette crainte après ce qu'il a fait :
Je tremble pour fes jours, & non pour mon fecret ;
Et plutôt qu'à la mort j'oppofe l'innocence,
Je ferai le premier à rompre le filence.
Pour la fauver, Segefte, & la juftifier,
Il faut ofer tout perdre & tout facrifier.
Au lieu de ce malheur, que ton ame redoute,
La vérité prendra peut-être une autre route,
Pour fe développer & fortir de la nuit ;
Et par la trahifon ce coup fera conduit.

Que ne découvre point l'avarice perfide!
Les regards pénétrans du délateur avide ,
Excités par l'éclat du prix qu'on lui promet ,
Sçauront percer le voile , & démêlant l'objet ,
Qui doit fixer fur lui l'horreur de la tempête ,
Acheter la fortune aux dépens de fa tête.
O Ciel ! fauve Maxime , & détourne l'effet ,
De l'horrible ferment que Pharamond a fait ,
Ou par ta volonté , s'il faut qu'il s'accompliffe ,
Rempli-le fur moi feul , & je vole au fupplice.

S E G E S T E.

Seigneur , par un des miens fecretement parti ,
Déja de ces revers Maxime eft averti.

SCENE III.

VINDORIX, ARMINIE, SEGESTE,

Gardes qui accompagnent Arminie.

V I N D O R I X.

Dieux ! ma fille paroît … ô ! trop malheureux pere !
Faut-il que le retour d'une fille fi chere ,
Mette aujourd'hui le comble à mes vives douleurs ?
Je ne puis te revoir fans répandre des pleurs.

E ij

ARMINIE.

Mon malheur eſt affreux. Toute ſon étendue ,
Seigneur, dans cet inſtant ne vous eſt pas connue.
C'eſt peu de me revoir captive en ce Palais ,
Et de mon triſte époux ſéparée à jamais.
Pharamond veut forcer ma main infortunée ,
D'allumer le flambeau d'un nouvel himenée.

VINDORIX.

Ah! Ciel!

ARMINIE.

Du Diadême il veut orner mon front ,
Et pour moi cet honneur eſt le plus grand affront.
Je vois de toutes parts l'aſpect d'un précipice :
Si je parle, Seigneur, je vous livre au ſupplice :
Si je me tais, le Prince abſolu dans ſes vœux ,
Va m'attacher à lui par un lien affreux.
Il aſſemble ſon peuple , & de ce nœud barbare ,
Par ſon ordre déja l'appareil ſe prépare ;
Il ne laiſſe à mon ame aucun retardement ,
Pour me déterminer, je n'ai que ce moment.
Dans un ſi juſte effroi j'ai recours à mon pere.

VINDORIX.

Dans ce péril preſſant , Grands Dieux! que dois-je
    faire?

ARMINIE.

Détournez les apprêts d'un nœud fatal.

VINDORIX.

J'y cours.

J'empêcherai le crime aux dépens de mes jours.

(Il sort.)

SCENE IV.

ARMINIE, *seule.*

AUx dépens de ses jours ! qu'est-ce donc qu'il
  projette ?

Il porte dans mon ame une terreur secrette.

Peut-être qu'à la mort mon malheur le conduit.

Mais, Dieux ! le Roy paroît, & son peuple le suit.

SCENE V.

PHARAMOND, ARMINIE, *Suite.*

PHARAMOND.

FRançois, j'ai dans ce jour satisfait à la gloire,

Et je veux que l'himen couronne ma victoire.

J'ai fait votre bonheur, & par ce doux lien,

Il est juste, à mon tour, que j'assure le mien.

Il dépend de l'objet que ma main vous présente,

Si mon bras est vainqueur, sa vûe est triomphante :

E iij

Elle doit attirer l'univers à ses pieds.

Vous approuvez mon choix, puisque vous la voïez.

Les cœurs en l'approchant la nomment Souveraine.

La valeur m'a fait Roy, la beauté l'a fait Reine.

A des peuples guerriers, je puis parler ainsi,

Et pour me rendre heureux je les assemble ici.

Quand je viens d'affranchir des Nations sujettes,

Je demande à jouir des graces que j'ai faites :

Les cris de Gondebaud ne m'intimident pas,

J'aurai pour moi vos cœurs, vos armes, & mon bras.

Sur vos fronts satisfaits, je lis votre suffrage.

Venez, belle Arminie, acceptez leur hommage,

Et qu'un lien flatteur nous lie en ces instans.

ARMINIE.

Seigneur, je sens le prix de ces nœuds éclatans,

Mais malgré mon respect & ma reconnoissance,

Jouir d'un tel honneur, n'est pas en ma puissance.

PHARAMOND.

Quel motif vous retient....

ARMINIE.

       Le plus puissant de tous,

Et puisqu'il faut le dire, un autre est mon époux.

PHARAMOND.

Un autre est ton époux ? Ah ! quelle perfidie !

Je ne laisserai point cet audace impunie.

Perfide Ambiomer !...

ARMENIE.
Non, un autre a ma foy.
PHARAMOND.
Quel qu'il soit, ne crois point qu'il fléchisse ton Roy,
Tremble, si de ses jours, je puis me rendre maître.

SCENE VI.

PHARAMOND, ARMINIE, MAXIME, *Suite.*

MAXIME.

PHaramond, je puis seul te le faire connoître,
Et vais te le livrer dans ce même moment ;
Mais promets avant tout de remplir ton serment.
PHARAMOND.
A la face des miens je te le renouvelle.
Que mon nom soit flétri d'une tache éternelle,
Si m'offrant ce rival que je ne connois pas,
Tu n'en obtiens le prix que tu demanderas.
Périsse en même tems notre grandeur naissante,
S'il n'éprouve soudain la mort la plus sanglante.
MAXIME.
Tu n'as qu'à le punir, il est devant tes yeux.
PHARAMOND.
Maxime est mon rival !
MAXIME.
Oui, je le suis.
PHARAMOND.
Ah ! Dieux !
E iiij

MAXIME.

J'ai livré la victime, & j'attens le falaire.

PHARAMOND.

Parles fans balancer, je vais te fatisfaire.
Je tiendrai ma parole avec fidélité.
Quel prix demandes-tu, réponds?

MAXIME, *montrant Arminie.*

                          Sa liberté.

Ne retiens plus fes pas, & fais périr Maxime.

PHARAMOND.

Dieux! toujours de mes dons, ferai-je la victime?
Quand j'ai rompu tes fers de mes nobles bienfaits,
Perfide, voilà donc l'ufage que tu fais?
C'eft ainfi que par toi ma Captive eft féduite;
Tu prends le nom d'époux pour colorer fa fuite;
Et fous un faux himen couvrant ton attentat,
Tu viens me l'enlever au fein de mon Etat.
Tu te pares en vain du mafque de grand homme,
Tu n'as que les vertus d'un habitant de Rome.

MAXIME.

J'affranchis mon époufe, & j'en fuis eftimé;
Je mourrai glorieux, & tu vivras blâmé.
Par un heureux trépas illuftre ma mémoire;
En ordonnant ma mort, tu prépares ma gloire.

PHARAMOND.

Tes vœux feront remplis. Soldats, exécutez
L'Arrêt qu'il me demande....

SCENE VII. ET DERNIERE.

PHARAMOND, VINDORIX, ARMINIE, MAXIME, *Suite.*

VINDORIX.

AH ! Seigneur, arrêtez !
Vous allez vous couvrir du fang de l'innocence,
Et flétrir votre nom par l'injufte vengeance.
Non, Maxime n'eft point un lâche raviffeur.
Vous allez, en fuivant une aveugle fureur,
Immoler un époux avoué par un pere.
C'eft moi qui les ai joints d'un nœud que l'on révére.

PHARAMOND.

Qu'entens-je, Vindorix ?

VINDORIX.

           Ils n'ont fait qu'obéir.
Je fuis l'auteur de tout, c'eft moi qu'il faut punir.

PHARAMOND.

Dieux ! c'eft peu de me voir trompé par ce que j'aime,
Je fuis encore trahi par Vindorix lui-même ;
Lui, qui dans mes devoirs m'a toujours affermi,
Mon guide, mon confeil, & mon plus tendre ami.

Quand ta fille pouvoit partager fa puiſſance,
Qui t’as porté , cruel, à cacher fa naiſſance ?

V I N D O R I X.

Votre gloire , Seigneur , le bien de vos ſujets ,
Mon devoir , ſon repos & l’amour de la paix.

P H A R A M O N D.

T’obligeoient-ils d’unir un Romain avec elle ?

V I N D O R I X.

Mes jours qu’il a ſauvés , leur ardeur mutuelle ,
Ont exigé , Seigneur , ce grand effort de moi.
Votre propre péril m’en a fait une loi.
En éloignant l’objet d’une funeſte flâme ,
Je voulois épargner des combats à votre ame ,
Et lui ſauver ſur-tout l’affront d’y ſuccomber.
Aux yeux de vos ſujets je voulois dérober
Le ſpectacle fatal où l’aveugle tendreſſe
Expoſe un Souverain , jouet de ſa foibleſſe :
Et jaloux des Traitez dont je ſuis le gárant ,
Vous forcer d’être juſte en les accompliſſant ;
Faire voir qu’un Miniſtre ami de la droiture ,
Doit toujours au devoir immoler la nature ,
Et les cris de l’orgueil dont il eſt combattu ,
A l’honneur d’affermir ſon Roy dans la vertu.
Je vous devois , Seigneur , cet aveu véritable ,
Puniſſez Vindorix , s’il vous paroît coupable :

Il n'a pû de son cœur fléchir l'austérité,
Et sa régle toujours fut l'exacte équité.

PHARAMOND.

Elle sera la mienne, & ta vertu m'éclaire ;
Ton exemple à ton Prince apprend ce qu'il doit faire.
Il auroit à rougir si quelqu'un aujourd'hui,
Se montroit dans sa Cour plus généreux que lui.
Non, vous ne l'aurez pas surpassé l'un & l'autre,
Et son courage au moins doit égaler le vôtre.
Maxime, quel que soit le pouvoir de l'amour,
Pour suivre le devoir, je le dompte en ce jour.
Vis heureux, ton rival renonce à ce qu'il aime :
Le Vainqueur des Romains doit l'être de lui-même.

MAXIME.

Seigneur, un trait si grand me ravit, me confond,
Et Maxime est toujours vaincu par Pharamond.

PHARAMOND.

Qu'on tire Ambiomer d'une prison injuste.
* Toi, jouis desormais du rang le plus auguste ;
Après ce qu'il a fait, un sujet tel que toy,
Ne sçauroit être assis assez près de son Roy.

VINDORIX.

Seigneur, dans ces momens j'aime à vous reconnoître,
Vous me rendez mon Prince enfin tel qu'il doit être.

* A Vindorix.

PHARAMOND.

Mon retour à la gloire eſt ton ouvrage heureux.
Un Miniſtre éclairé , prudent & vertueux ,
Eſt du Ciel pour les Rois la faveur la plus chere ;
Pour regner ſagement il leur eſt néceſſaire.
Dans la paix qu'il procure il met tout ſon éclat ,
Fait la grandeur du Prince & le bien de l'Etat.

Fin du cinquéme & dernier Acte.

APPROBATION.

J'Ai lû par ordre de Monseigneur le Garde des Sceaux, *Pharamond*, Tragédie. A Paris ce 27 Septembre 1736.

LA SERRE.

PRIVILEGE DU ROY.

LOUIS par la grace de Dieu Roi de France & de Navarre, à nos amez & feaux Conseillers, les Gens tenans nos Cours de Parlement, Maîtres des Requêtes ordinaires de notre Hôtel, Grand Conseil, Prevôt de Paris, Baillifs, Sénéchaux, leurs Lieutenans Civils & autres nos Justiciers qu'il appartiendra, SALUT. Notre bien amé LAURENT-FRANÇOIS PRAULT fils, Libraire à Paris, Nous ayant fait supplier de lui accorder nos Lettres de Permission pour l'impression d'un Manuscrit qui a pour titre, *Pharamond Tragédie, par le Sieur de C****, offrant pour cet effet de le faire imprimer en bon papier & beaux caracteres, suivant la feuille imprimée & attachée pour modele sous le contre-scel des Présentes ; Nous lui avons permis & permettons par ces Présentes, de faire imprimer ledit Livre cy-dessus spécifié, conjointement ou séparément, & autant de fois que bon lui semblera, & de le vendre, faire vendre & débiter par tout notre Royaume pendant le tems de trois années consecutives, à compter du jour de la date desdites Présentes : Faisons défenses à tous Libraires, Imprimeurs & autres personnes de quelque qualité & condition qu'elles soient, d'en introduire d'impression étrangere dans aucun lieu de notre obéissance ; à la charge que ces Présentes seront enregistrées tout au long sur le Registre de la Communauté des Libraires & Imprimeurs de Paris dans trois mois de la date d'icelles ; que l'impression de ce Livre sera faite dans notre Royaume & non ailleurs, & que l'Impétrant se conformera en tout aux Reglemens de la Librairie, & notamment à celui du dix Avril 1725. & qu'avant que de l'exposer en vente, le Manuscrit ou Imprime qui aura servi de copie à l'impression dudit Livre, sera remis dans le même état où l'Approbation y aura été donnée, ès mains de notre très-cher & feal le Sieur Chauvelin, Chevalier, Garde des Sceaux de France, Commandeur de nos Ordres ; & qu'il en sera ensuite remis deux Exemplaires dans notre Bibliotheque publique, un dans celle de notre Château du Louvre, & un dans celle de notre très-cher & feal Chevalier Garde des Sceaux de France le Sieur Chauvelin, Commandeur de nos Ordres ; letout à peine de nullité des Présentes : Du contenu desquelles vous mandons & enjoignons de faire jouir l'Exposant ou ses ayans cause pleinement & paisiblement, sans souffrir qu'il leur soit fait aucun trouble ou empêchement. Voulons qu'à la copie desdites Présentes, qui sera imprimée tout au long au commencement ou à la fin dudit Livre, foi soit ajoutée comme à l'original. Commandons au premier notre Huissier ou Sergent de faire pour l'exécution d'icelles tous actes requis & nécessaires, sans demander autre permission, & nonobstant clameur de Haro, Charte Normande & Lettres à ce contraires ; Car tel est notre plaisir. Donné à Versailles le deuxième jour d'Octobre l'an de grace mil sept cens trente - six, & de notre Regne le vingt-deux. Par le Roy en son Conseil.

S A I N S O N.

Regiſtré ſur le Regiſtre IX. de la Chambre Royale & Syndicale des Libraires & Imprimeurs de Paris, N. 363. fol. 314. conformément aux anciens Réglemens, confirmés par celui du 25 Février 1723. A Paris ce 13 Octobre 1736.

G. M A R T I N, *Syndic.*

www.ingramcontent.com/pod-product-compliance
Ingram Content Group UK Ltd.
Pitfield, Milton Keynes, MK11 3LW, UK
UKHW022055170726
13837UKWH00002B/960